EL GUERRERO
DE LAS
TRES LUNAS

SAMUEL QUIROZ

Copyright © 2022 Samuel Quiroz

Todos los derechos reservados.

ISBN: **9798826432051**

DEDICATORIA

A mi padre, por apoyarme y siempre estar conmigo, más cuando me encuentro desfallecido.

A mi madre Maribel y a mis hijos Ageorgia Susej, Joshua Kristof, Nellie de Jesús e Hinri Samanta, por el gran apoyo incondicional brindado siempre, por comprender y recordarme cada día el gran valor y fuerza que es necesaria para seguir adelante hasta conseguir los sueños y se hagan realidad.

A mi prima Esther Q. por el apoyo brindado y por la disponibilidad que siempre me ha demostrado.

A Dios por abrirme las puertas para seguir por este camino y seguir construyendo, gracias por todo lo que me has dado y darás más adelante, sin ti no soy nada.

PRÓLOGO

¿Alguna vez te has sentido que la vida no resulta como tu quieres?

La historia nos remonta a la Edad Media de nuestra era.
Donde un rey guerrero nos llevara a un viaje existencial.
Reclamando a la luna su tormentoso pasado donde perdió toda su fortuna, sin darse cuenta de lo que en verdad es un tesoro.
Él tendrá que descubrirlo antes del amanecer; si no, será demasiado tarde para su redención.

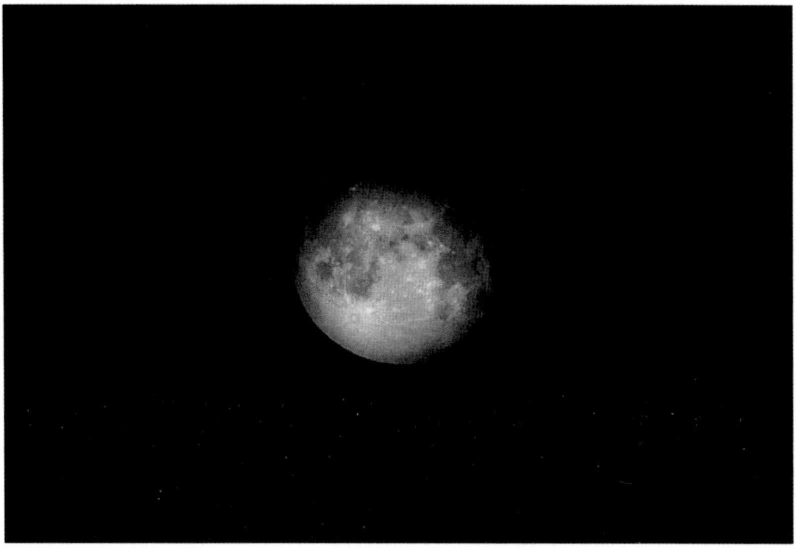

Edad Media.

Bajo el resplandor de la luna llena, en la cima de una montaña saturada de enormes pinos, árboles y mucha vegetación, que apenas deja penetrar la luz para que toque el suelo.

De los gruesos troncos se mueven ramas y aparece un hombre de uno setentaisiete de estatura cubierto en una túnica con capucha de color negro que camina torpemente hasta llegar a recargarse en el tronco de un pino. Se detiene y saca de su ropaje una cantimplora pequeña de piel de la cual quita el corcho con una de sus manos levantándola en lo alto y la toma, deja de beber el líquido, coloca el tapón guardando de nuevo en sus ropajes.

EL GUERRERO DE LAS TRES LUNAS

Baja poco a poco su capucha dejando ver su larga cabellera negra y su tupida barba cerrada ambas con muchas de canas, su rostro de tes morena obscura hacen juego con sus ojos negros grandes y expresivos que apenas dejan ver sus cejas pobladas, mira al cielo y contempla las estrellas que acompañan a la luna en la cual detiene su mirada y molesto dice:

—¡Tú que antes de la aparición del humano, en su hermosa madre tierra!

—¡Has contemplado el tiempo pasar!

—Has visto desde que se formó este mundo, he incluso sospecho que sabes quien es su creador.

EL GUERRERO DE LAS TRES LUNAS

—Me pregunto ¿Cuántas batallas has contemplado; triunfos y derrotas se han hecho ante ti? —cierra sus ojos fuertemente, sin embargo, pocas lagrimas ruedan por sus mejillas— ¿Cuántos llantos en silencio no habrás escuchado? ya que eres perfecta para expresarte el dolor sin tener miedo a que alguien te vea.

—¡Mi hermosa luna que maravillas no has contemplado; pasiones, ¡ilusiones de todo ser que desaparecerá de este mundo! sin embargo, solo tú seguirás observando el principio y el fin de la humanidad.

EL GUERRERO DE LAS TRES LUNAS

— Quizá todavía nos sigas contemplando —toma de su cantimplora, escurre el líquido por sus barbas las cuales limpia con su antebrazo, mostrando parte de su armadura plateada decorada como la de un rey, de nuevo mira al cielo— todo este mundo es perfecto, solo el hombre es traicionero y ambicioso la basura más grande, aun no puedo creer que el diseñador de este mundo lo haya creado para estar aquí En esta obra perfecta —su cara se torna furiosa—¿Por qué sí eres justo me has quitado todo a mí? ayude al pueblo que hoy me persigue para matarme como animal salvaje, le ofrecí de comer al hambriento, saque de las frías y peligrosas calles a las personas que pusieron precio a mi cabeza; mi familia a los cuales les otorgue los mejores puestos en mi reino para que vivieran conmigo y sintieran lo que es tener poder, lo que nunca gozarían por sus vidas de perdedores y ahora apoyan a otro monarca para seguir en sus puestos, no sabiendo que me costó sangre, lágrimas y la vida de guerreros que pelearon ferozmente cada batalla a mi lado, mi esposa hoy duerme con otro hombre al cual le prometerá amor y lealtad al igual que lo hizo conmigo, solo mis hijos pude sacar para que no fueran asesinados.

EL GUERRERO DE LAS TRES LUNAS

— Una muerte bien planeada y eminente que hasta hoy no comprendo; solo sé que tú, luna me ocultaste para poder seguir viviendo esta terrible soledad —baja su mirada cerrando los ojos— ¡sabes cuantas veces te mire!, ¡cuántas noches llore contigo!, ¡cuántas veces te pedí volver a contemplarte al otro día antes de cada batalla!, ¡las veces que abrí los ojos cuando dormía en el campo porque presentía que se encontraba la muerte y no sabía en qué momento me despertaría de este sueño llamado vida, sin poder despedirme de mis seres queridos!, supiste el esfuerzo y sacrificio que me costó ser rey y ahora soy un simple hombre que no tiene nada.

El hombre baja lentamente su vista mientras se recarga en el árbol y poco a poco cae sentado mientras se cierran sus ojos por el efecto de su bebida.

EL GUERRERO DE LAS TRES LUNAS

El guerrero se despierta asustado, se coloca de pie de inmediato, desenvaina una gran espada que cuelga de su espalda y se pone en posición de ataque sujetando su arma con ambas manos mientras trata de mirar entre la oscuridad y grita con furia.

—¿Quién eres? ¿Acaso crees que tendrás en mí una presa fácil?, te llevaras una sorpresa, solo sal de donde te ocultas, tú y tus amigos. ¡Sé que los viles y cobardes siempre se unen, como manadas, porque son tan débiles que lo único que dan es lástima! ¡Son solo hombres que no quieren enfrentar la mísera vida que les tocó vivir, siempre deseando tener las pertenencias de los demás para no sentirse fracasados!

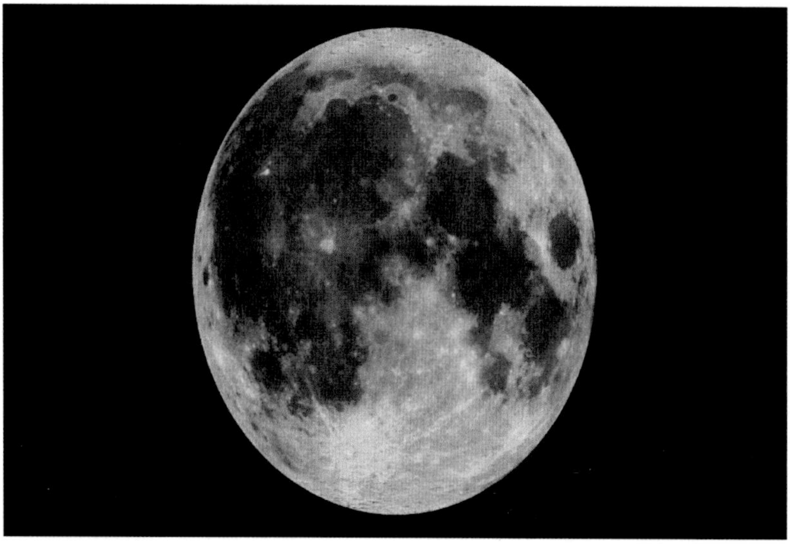

De entre las ramas penetra un rayo de luz de la luna que alumbra el rostro del hombre y se surge el sonido de una voz grabe y enérgica que parece salir de ella.

—¿Me escuchaste?, paseaba por aquí y oí tu lamento, hace mucho que no te comunicas, creo que la última vez fue una noche antes de que fueras rey.

El hombre observa todo su alrededor, asustado, responde con furia:

— ¡No te conozco, pero te advierto que engañarme no podrás ¡He hecho lo que tú deseas hacer conmigo! ¡El que crea que eres un 'Dios'! he engañado a todos, así es que no malgastes tus trucos ya que todo lo que yo vea y que exista en este mundo ¡puede morir!

El rey mira hacia la vegetación, de nuevo surge la voz que no sabe de dónde sale, la voz gruesa un poco molesta dice:

—Tienes razón, no comprenderás, como los tontos que juegan a ser yo, sin embargo, eres tan afortunado. Hoy tengo un poco de tiempo para ti. así que te quitare los tesoros que te he dado y que por lo visto no valoras.

EL GUERRERO DE LAS TRES LUNAS

El hombre sujeta más fuerte el mango de su espada y sus ojos se mueven como linces en todas direcciones esperando ver algún movimiento para poder atacar y toca de entre su cintura una bolsa de seda roja que cuelga de su cinturón.

— ¡Atrévete si quiera a tocarme! ¡No se diga si quieres tocar mi última bolsa de diamantes que ha costado traiciones, sangre y muerte para los que la han poseído! ¡Ese es el costo! es lo único que me queda para seguir mi camino, ¡es toda mi vida la que hoy está en juego! así es que te costara pelear por ella si realmente la deseas en tus manos.

De la luna desprende una luz cegadora, el rey baja su espada y cubre su vista con una de sus manos tratando de detener el resplandor que en segundos se apaga.

EL GUERRERO DE LAS TRES LUNAS

Se coloca en posición de ataque, abre sus ojos y entre las tinieblas aparecen frente a él a pocos metros y en forma de medio circulo; tres mercenarios encapuchados vestidos de blanco de gran estatura, su delgades atlética hace imaginar lo agiles que son para atacar y cortar con sus alargadas y filosas espadas que sujetan con una de sus manos mientras permanecen con una rodilla en el suelo y su mirada baja esperando la orden de atacar.

El rey contempla a su alrededor, pone su espada con ambas manos a la altura de sus hombros y grita con furia a la noche.

— ¡Te recomendare, que para la próxima a tus asesinos las vistas de negro, se ve que son tus guerreros elite! ¡Son fáciles de ver y ese maldito olor a rosas hace que en la pelea sepa en donde se encuentran!

El destello ilumina la cara del rey y dice:

—Los tesoros que te han sido robados no se comparan para nada con las riquezas que te han regalado, asi que si no las valoras será mejor que sean quitadas de tu ser.

El rey sin dejar de ver a sus contrincantes que permanecen en silencio:

— ¡Ja, ja, ja! ¡En este mundo nadie regala nada, sin pedir nada a cambio!

EL GUERRERO DE LAS TRES LUNAS

En instantes al mismo tiempo se colocan de pie los tres guerreros y se ponen en posición de ataque, moviéndose lentamente en circulo ante los ojos del rey Del bosque surge neblina tan oscura y densa formando un remolino pequeño que envuelve al hombre rápidamente, en ese instante los tres soldados entre la neblina comienzan a atacar.

El sonido de las espadas rompe el silencio el pequeño huracán gira con más furia que solo permite salir el sonido del tronar de ramas, el quejido del rey y el choque de los aceros. El pequeño remolino se hace más fuerte hasta que el silencio hace su aparición y poco a poco se desvanece el vapor, deja ver al rey sentado agitado y con la mirada abajo, sus ojos permanecen cerrados. Los guerreros han desaparecido.

EL GUERRERO DE LAS TRES LUNAS

El rayo de la luna vuelve a iluminar la cabeza y el cuerpo del rey, agarra temblorosamente su espada que se encuentra a un lado de él y la pone enfrente con mucho esfuerzo para levantarla. Apenas puede apoyarse con sus dos manos en el suelo; su cuerpo tiembla, se convulsiona bruscamente en segundos.

Surge de nuevo la voz:

—Ahora si puedo retirarme, te he robado tus grandes tesoros.

El rey exhausto con una de sus manos, débilmente la lleva a su cintura, toca la bolsa de seda donde guarda sus joyas al tocarla siente sus alhajas, sonríe y se carcajea.

— ¡Ja, ja, ja! Creo que tus hombres no hicieron bien su trabajo, solo me golpearon con sus espadas, jamás cortaron mi piel, son tan tontos he ilusos que aún tengo mis tesoros.

La voz se escucha de nuevo.

— ¿A un sigues creyendo que cuentas con un tesoro? ¡Morirás y esas piedras preciosas y monedas de oro seguirán existiendo! pero en manos de otros y seguirán pasando hasta que llegue el fin de este mundo.

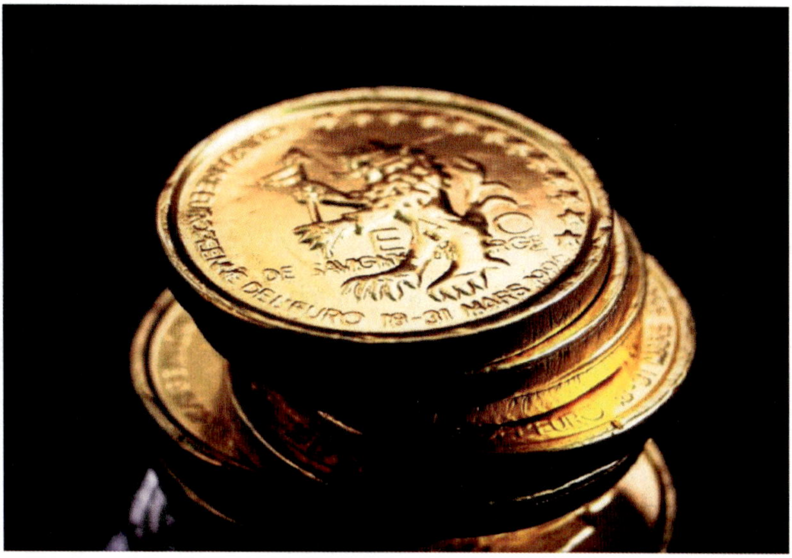

El rey confundido deja de reír y sorprendido dirige su cara hacia el cielo.

—¿Qué dices? ¿Entonces para que fue la pelea?

La voz de entre las tinieblas:

—Dime ¿No notas algo extraño en tu cuerpo? Maquina perfecta para dominar el mundo y ayudar a tus compañeros que como ustedes son animales, aunque no tienen mucha forma de poder razonar, en ocasiones pienso que son los más inteligentes que habitan la tierra, están hechos para seguir al más listo y fuerte que cuidara de ellos.

—¿Te abandonó esa fuerza interior que logra ponerte de pie? Tu olfato no volverá a oler el fresco aroma del campo ni la deliciosa comida, tu oído no Volverá a escuchar a los que hablan mal de ti, tampoco oirás un: 'te quiero, confié en ti' —el rey abre lentamente sus ojos que se encuentran completamente en blanco— la oscuridad será tu prisión, no veras a nadie que te transmita odio o envidia ni contemplaras el hermoso amanecer, ahora me retiro…seguiré mi camino.

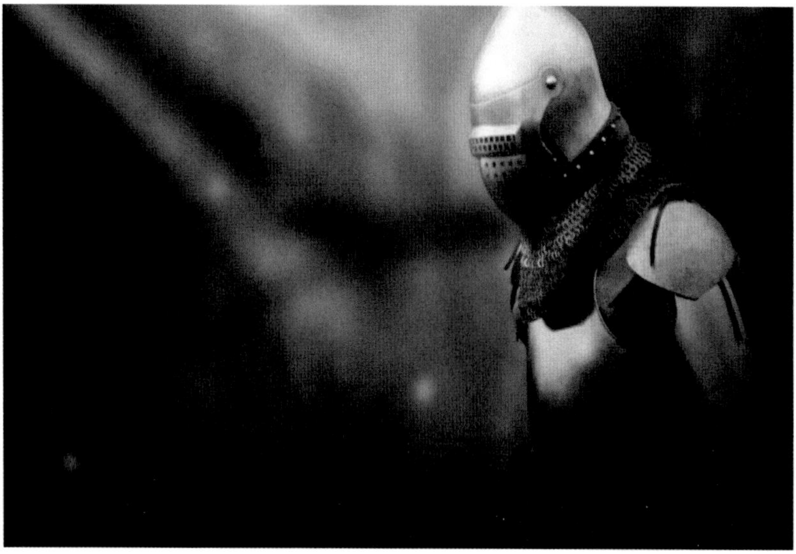

El guerrero baja su mirada. Con dificultad arranca la bolsa que contiene sus tesoros, la arroja al frente; con gran esfuerzo para respirar y tratando de colocarse de pie, desesperado mira a su alrededor.

—¡Espera, espera! Tienes razón, no sé qué clase de poción me hayan inyectado tus hombres, pero me doblego ante ti. La vida me ha enseñado que debes de reconocer cuando has perdido ¡dame el antídoto y llévate lo que yo pensaba que tenía valor en este mundo! Te diré la verdad, estoy más aterrado que el miedo que mis enemigos tienen ante mí, si me vieran en este momento simplemente les causaría lastima.

El rey es envuelto en una oscura y densa neblina negra que hace que él y su entorno desaparezca entre la bruma.

Aparece de nuevo la luz blanca del cielo y se desvanece rápidamente el humo, de entre las sombras aparece el rey puesto de pie con su mirada al suelo y su cuerpo recto y firme que al sentir alumbrada su cabeza mira a las estrellas sus parpados se abren los cuales muestran sus ojos cafés, no pueden ocultar su tremenda alegría al poder contemplar las estrellas en el cielo.

EL GUERRERO DE LAS TRES LUNAS

Levanta una de sus manos para poder tocar la luna, con sus dedos extendidos los cuales cierra con fuerza mostrando su poderoso puño.

—¡Gracias, gracias! ¡He recuperado mi fuerza y vista! —observa a su alrededor, descubre que se encuentra en medio de un desierto— ¿Pero qué es esto? ¿Por qué me has traído aquí?

La voz de nuevo rompe la noche.

—¡Espera! al parecer escucho a alguien más quejarse de mí.

El rey, dejada de ser iluminado queda el panorama en completa obscuridad.

De la nada surge de nuevo el vapor en un pequeño remolino dando paso a un espectro de tamaño real donde pareciera que pudiera pasarse a esa dimensión.

EL GUERRERO DE LAS TRES LUNAS

Donde da aparición una recamara de una princesa hay un espejo de forma redonda y de cuerpo completo y a lado una lujosa cama de madera con los más glamurosos adornos con sábanas y cobijas blancas de seda. Lentamente las imágenes fantasmales dan paso a la realidad encontrándonos en el lugar.

Entra en la habitación una hermosa joven princesa de pelo rojo de apenas 15 años, delgada con un vestido sencillo que muestra su delgado y delicado cuerpo. Se detiene ante el gran espejo, pega su delicado vestido a su cuerpo para hacer notar su silueta de mujer. Atrás de ellá entran dos de sus sirvientas de mediana edad que acomodan y cepillan el pelo de la niña, mientras la otra rocía perfume a su alrededor. La princesa sin dejar de mirarse al espejo:

— ¡No puede ser que mi vida sea tan perfecta! ¡Todos los hombres que me han visto dicen que me aman y que darían la vida por mí! hoy seré la mujer más feliz, escogeré el que me acompañara por todo el resto de mi vida, me amara tanto.

En ese momento se escucha como tocan a la enorme y gruesa puerta de la habitación, la joven mira a la criada que le rosea loción y le dice:

—¡Vamos abre ya! Que son mis pretendientes, los que me quieren tanto y moririán por mí— la servidumbre de inmediato camina a la puerta y la abre, donde aparecen seis hombres la mayoría de mediana edad y uno que otro de edad madura los cuales visten capas, ropa de finas telas, joyas y oro como todas las familias de la realeza, los cuales se forman en línea ante la doncella, quedando frente a ella un joven rubio ojos azules y alto que se arrodilla y le pide su mano a lo cual cede la joven al tenerla entre sus palmas; besa la tersa y blanca mano, la observa a los ojos.

—En verdad que eres bella. Realmente eres digna de mis tres castillos que me fueron heredados, serán poca cosa para que tu les des vida, mis esclavos, mis guerreros y mis tesoros son puestos a tus pies si decides estar conmigo.

—vuelve a besarle la mano suavemente, se coloca de pie y sin dejarla de ver a los ojos, camina de espaldas hasta colocarse atrás de la fila.

El siguiente hombre en la fila camina frente a la princesa y le hace una reverencia quedando hincado y con su mirada al piso y dice:

—Su belleza, es impresionante —alza la vista y la mira directamente a los ojos—Usted es la razón por la que vine al mundo, siempre supe que encontraría mi alma gemela, solo le diré que conmigo será la mujer más feliz sobre esta tierra—toca con sus manos el cabello de la joven el cual huele suavemente, se aleja colocándose al final de la fila.

La doncella muestra un sonrojo inocente en sus mejillas, el siguiente pretendiente se le acerca arrogantemente y mirándola a el rostro.

—Hombre es el que usted debe de poseer mi linda dama, mis cinco reinos la esperan para seguir conquistando más tierras, las cuales llevarán los nombres de nuestros numerosos hijos que deseo procrear con usted y sean los sucesores de nuestras riquezas, espero hoy tome la decisión correcta, que soy yo. Gracias mi próxima reina.

El siguiente hombre es un poco maduro, se aproxima a ella y de sus ropajes saca una hermosa gargantilla de oro con un pequeño diamante que pende de él. y dice:

—Perdone el atrevimiento, pero tenía que mostrarle con hechos el valor que usted tiene para mí. Es un pequeño obsequio, ¡Qué para nada! busca su compromiso hacia mi persona, es sólo una de mis miles de joyas que poseo en —Mis siete reinos que espero usted los deslumbre con su presencia, me permite colocárselo en su delicado cuello. La joven mira hacia los lados a sus sirvientas que afirman con la cabeza, da unos pasos al frente y el pretendiente se coloca a sus espaldas le pone el lujoso colla. No sin antes tocar con sus labios dando un beso sutil al cuello de la dama, para después alejarse y seguir la fila.

Da paso al frente otro joven príncipe un poco afeminado. Al encontrarse cerca de la joven le agarra ambas manos y mirándola de frente con guiños sutiles y su voz un poco adelgazada le dice:

— Sé que aún no hecho tantos reinos como todos los demás, sin embargo, mi padre al no encontrarse con nosotros me heredara. Tú y yo seremos inseparables, te juro que tendremos muchas formas de pasarla bien, sabrás y conocerás secretos de la vida que ni te imaginas —la suelta de ambas manos mientras le coquetea con guiños.

El último pretendiente joven de modesto ropaje camina hacia a ella y al estar de frente saca de su ropaje una rosa roja la coloca adelante y se inclina con lágrimas en los ojos.

—Seré el más humilde pues apenas tengo un reino, pero poco a poco conquistare más territorio para ti. Así será, hasta que el último día en una batalla muera nombrando tu nombre. Mi dulce princesa, flores y poemas no faltaran en nuestra cama porque todos los días escribiré poemas basados en ti y así será la doncella de los poemas pasando a la historia como la princesa que más fue amada en todas estas tierras.

El hombre se coloca de pie y le entrega la flor envuelta en tela blanca para que la mano de la princesa no sea espinada al sujetarla. El joven se dirige al final de la fila para esperar el veredicto.Emocionada toma la flor, la pega en medio de su pecho del que surge un silencioso y confortable suspiro. En sus ojos se reflejan los seis pretendientes.

Mira a sus sirvientas y les dice:

—Por favor déjenme a sola con ellos, necesitaré saber más de que son capaces por mí—las sirvientas se retiran y cierran la puerta. la damita al lado de la cama ve a los hombres— por favor aproxímense ¿Qué estarían dispuestos hacer por mí? —los pretendientes hacen un semi circulo donde ellá queda en medio, cierra sus ojos y excitada—díganme por favor lo que realmente quieren.

El pretendiente más joven se le acerca a uno de sus oídos.

—Haría que cada una de mis sirvientas bañen tú tersa piel con leche de burra como lo hace la mismísima Cleopatra —lambe la oreja de la mujer.

Al a ver el consentimiento, otro de sus pretendientes se aproxima al lado opuesto de la joven y le susurra al oído sujetando suavemente su cuello el cual acaricia y le dice:

—Todos los días comerá alimentos naturales y nutritivos para que este bello cuerpo sea cada vez más hermoso y llamativo las hembras de esta tierra quisieran tener —pega sus labios a sus cuellos de la mujer y comienza a darle pequeños besos.

Otro hombre de inmediato se arrodilla y toca una de las piernas de la joven la cual frota con ambas manos y a cerca su boca mordiendo levemente la tela del vestido donde muslo—Serás la más deseada de todas las reinas, todo rey dará sus conquistas por poseerte —sigue mordiendo y frotando suavemente el vestido.

El pretendiente más viejo se coloca frente a la joven que sigue con sus ojos cerrados y moviéndose excitadamente por los susurros en sus oídos y las caricias en sus piernas.

—Te convertirás en un hermoso trofeo que podrás esclarecer el reino más poderoso que haya existido en este lugar —besa a la joven debajo de su barbilla y acaricia su cuerpo.

La joven siendo excitada por sus interesados sin abrir sus ojos dice al viento:

—¡Si…si! ¡quiéranme! ¡Ámenme como ustedes gusten!, ¡Hagan de mí lo que quieran…Adórenme como yo los quiero!, estoy segura de que darían la vida por mí, por eso hagan conmigo lo que deseen —en ese instante los seis hombres se unen a la mujer acariciando varias partes de su cuerpo, comenzando a desgarrar las telas de su vestido bruscamente, la chica abre los ojos y asustada mira como todos los hombres quieren tocar su piel para poseerla dejando su cuerpo semidesnudo — ¡Esperen! ¡Esperen! ¡Dejen de tocarme!, ustedes decían que me amaban, ¿Acaso solo quieren saciarse conmigo?

Tapan la boca de la joven princesa; sujetada de manos y piernas es empujada a la cama. los hombres se enciman sobre ella, como lobos hambrientos al tener la presa moribunda.

De entre la obscuridad se escucha el grito con furia del Ateloiv que aparece de la nada, borrándose de inmediato la habitación y los guerreros en la recamara de entre el vapor.

—¡No…! ¿Qué es lo que pasa?, ¿por qué no los detienes? —mira al cielo y es iluminado por la luna.

La voz hace su aparición.

—Recuerda que en el lugar donde te encuentras es resultado de las decisiones que has tomado para tu vida, debes asumir las consecuencias de dichas acciones por que en ellas se encuentra la clave, si realmente eres feliz o no has entendido.

De nuevo surge la neblina y la noche devora en segundos a nuestro rey, apareciendo la recamara de la princesa, pero en esta ocasión nos muestra a los pretendientes vistiéndose mientras se carcajean y se acomodan sus vestimentas. Salen de la habitación donde solo queda un cuerpo envuelto entre las sábanas blancas manchadas de sangre de repente se escucha un lamento y de entre las cobijas se encuentra desnuda la princesa; despeinada y con marcas de mordidas en varias partes de su cuerpo, camina enfrente de su recamara, cae hincada envuelta en llanto.

—¿Por qué? ¿Por qué yo? ¡Ellos me dijeron que me amaban! yo solo deseo que alguien me quiera como yo quiero… solo eso. El mundo no es realmente como pensaba, de ahora en adelante seré igual o más mala que las personas que abusaron de mí, alguien tiene que pagar con su inocencia como yo lo hice ahora.

La joven desaparece entre el vapor de la neblina dando paso a truenos y rayos.

EL GUERRERO DE LAS TRES LUNAS

De la obscuridad surgen huracanes, truenos y relámpagos que hacen contacto con el mar. Del cielo no deja de llover. Surge el cuerpo desnudo del rey Ateloiv que se encuentra en la cima de un risco en medio del mar rodeado por una enorme tormenta marítima. Las olas golpean con fuerza las rocas.

Se escucha la voz de la luna ante los ojos cerrados del rey:

—¿Por qué te estremeces? ¿Te sientes tan frágil?

El rey murmullo:

— Como una hoja al resistirse al viento.

El aire se arremolina alrededor del rey, este sigue temblando y permanece con los ojos cerrados. La voz vuelve a escucharse:

—Dime ¿Qué tanto tiempo has guardado tus miedos? que ahora que te encuentras en medio de la nada te es imposible liberar.

EL GUERRERO DE LAS TRES LUNAS

El rey es azotado por el viento y el mar; se abraza así mismo, el agua escurre a chorros por su cuerpo. Lentamente abre su boca y deja salir las palabras.

—He reprimido tanto mis miedos que se me ha olvidado que llorando se pueden superar. las lágrimas me hacen recordar mi infancia, cuando todos me atacaban y tenía que esconderme atrás de mi madre. A diferencia de mi padre que siempre me enseñó a no llorar, a ser fuerte como él; hasta ahora lo entiendo. Hoy comprendo cuantos temores no pudo decirme y cuantas veces Dominó sus temores hasta el final, para no llorar. En los momentos más difíciles jamás me imagine que podría morir; con él supe que la muerte existía y que siempre se encuentra a mi lado ya sea para llevarse a uno de los míos o para llevarme —mira a las nubes— pero tú voz, no verás ni una lagrima mía brotar.

Relámpagos y truenos caen a poca distancia y la tormenta se hace más fuerte, de la nada surgen gritos tan aterrantes que parecen salir de voces de ultratumba al ser devorados por las llamas del infierno.

El rey abre sus ojos y ve como las olas del océano golpean y se arremolinan bajo sus pies, la espuma blanca es apenas visible por la oscuridad, ve al cielo y da un paso adelante se arroja al vacío.

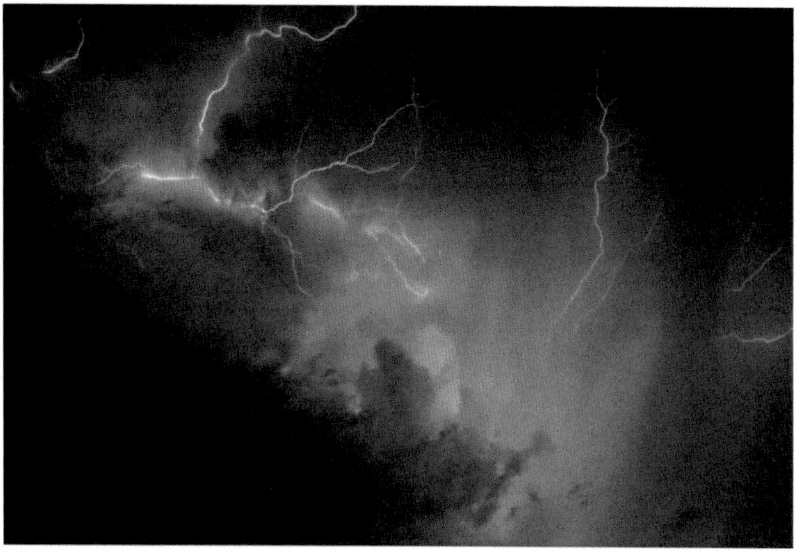

El rey al caer vuelve a regresar a la noche de un desierto. Rodando desde la cima de una montaña de arena, solo es rodeado por montes y el cielo estrellado; el cuerpo se detiene en lo plano de la tierra. vestido con su ropaje del bosque, se coloca de pie, adolorido observa a su alrededor, solo el sonido del viento se escucha alza la vista y mientras observa la luna dice:

— ¿Qué clase de droga me inyectaste? Mi mente me está haciendo ver visiones, solo puedo ver mi ropa de vestir como verdadera —mete la mano entre sus ropas y saca la bolsa con sus tesoros la cual abre y deja caer al piso —ten, te entrego todo lo que tengo, eso es lo que desea la mayoría de todo ser mortal en este mundo, riqueza y poder.

El silencio sigue en el ambiente, el guerrero se encuentra en completa soledad bajo la luz del cielo estrellado. Del lado izquierdo entre la noche se logra ver apenas una silueta de un hombre sentado en un trono al parecer de oro y diamantes.

EL GUERRERO DE LAS TRES LUNAS

El rey lo percibe desenfunda la espada de su espalda y con las dos manos en el mango de su larga arma apunta hacia el trono.

— ¿Quién eres tú? ¿Acaso el hechicero que me metió en esto?

El silencio persiste, el hombre del asiento se coloca de pie y poco a poco se aproxima a el rey quien impaciente se pone en posición de ataque y coloca su espada con ambas manos al lado izquierdo de la altura de sus hombros.

Lentamente el hombre del trono comienza a hacer más visible ante la luz de la luna y las estrellas; mostrándose sus rasgos finos y pálidos, su estatura alta y fornida, cabello largo y rojo hacen contraste con sus ojos grises aperlados; su vestimenta de rey con las telas más finas y su abrigo de seda. Puesta en su cabeza una corona pequeña de oro blanco tapizada de diamantes y piedras preciosas que, con la poca luz del cielo, hace que estas emitan un destello de luz fulminante. Llega a tres metros de Ateloiv.

— ¿Me buscabas? ¡Aquí estoy! ¿En verdad deseas salir de este hechizo? ¡Yo soy el Dios que maneja todo este mundo! —camina haciendo circulo Ateloiv sin dejar ambos de verse a los ojos— en verdad deseas salir de esta ilusión, que tan dispuesto estas que ceda a dejarte ir de aquí para siempre y que regreses al lugar donde te encontré.

EL GUERRERO DE LAS TRES LUNAS

El rey después de seguir con sus ojos al rey rojo baja su espada y la guarda en su espalda en señal de confianza. Dice:

—Creo que nos entenderemos, sé que estoy hablando con un rey, miro tus ropajes y tu trono, si deseas peleare en tu nombre, tú dime a las cuantas victorias podre ser libre.

El rey rojo lo mira a los ojos.

—¿Ya entendiste quien tiene el control en esta situación?, eso me agrada, se que un guerrero tiene que hacer todo lo que tenga a la mano para sobrevivir, ¿En verdad quieres salir de lo que estas viviendo?

El rey de inmediato se coloca de rodillas frente al hombre de rojo.

—Solo ordene y si depende de mí, dado por hecho.

EL GUERRERO DE LAS TRES LUNAS

El hombre de rojo mira al cielo y después contempla al rey hincado. De su boca sale una gran carcajada.

—¡Ja, ja, ja!, Aun no puedo creer que el rey más temido y sanguinario este postrado a mis pies pidiendo otra oportunidad; pues bien, solo lamas mis botas... ambas. Tan simple como eso —de inmediato los ojos del rey buscaron la mirada del hombre frente él. Mostrando su furia, pero al mismo tiempo una desilusión pues no podía hacer nada. Baja la mirada hacia la arena tratando de pensar mientras el rojo camina alrededor de él— ¿Qué sucede? No te estoy pidiendo imposibles ¿o sí? ¿es más grande tu dignidad de ser humano? ¿Deseas permanecer aquí para siempre?

El hombre rojo camina lentamente al trono, llega y se sienta. Extiende sus pies y ambas botas son colocadas en frente de Ateloiv; botas sucias llenas de arena y liquido verdoso alrededor de su suela.

— ¡Vamos rey de los humanos! Es hora de que aprendas algo esta noche.

—¿acaso tu ego no te lo permite? —le señala con ambas manos el horizonte del desierto— ¡solo hazlo! ¡nadie te ve, estamos solos! gatea y limpia mi calzado hasta que quede limpio. La saliva no es buena pero ya sabes; son los gustos que alguien de poder puede hacer con los demás que no lo tienen ni lo tendrán durante su miserable existencia, solo ten en tu mente que tendrás otra oportunidad.

EL GUERRERO DE LAS TRES LUNAS

El sonido de la arena en pequeños remolinos que desaparecen en la nada rompen el silencio. El rey mira frente a él y ve la sonrisa sádica, empieza a gatear acercándose poco a poco al trono.

El hombre de rojo mira al cielo y después al rey, dice en voz alta y enérgica:

—¿Dime que se siente? ¿dónde dejaste esa esencia de lo especial que te sentías? ¿Acaso creíste ser un semi Dios? ¡Eres una simple cucaracha que no desea ser pisada! ahora comprendes lo que sintieron las otras personas cuando estaban a tu merced —el rey llega a las botas del hombre y empieza a lamer una de ellas— ¿Qué se siente que alguien más que dios tenga tu vida en sus manos? Se te olvida que la vida es como una roleta, en ocasiones estamos arriba y en otras abajo. El universo no es predecible; mírate tú aquí, rogando por clemencia, ahora te encuentras del otro lado del espejo —el rey deja de lamer las botas y comienza a llorar, el hombre de rojo se coloca de pie— vamos, sigue limpiando mis botas ¿Dónde quedo ese hombre indomable que ahora llora como un niño? pidiendo tregua cuando a nadie se la distes, ¿qué se siente estar al otro lado del destino?¡dímelo! ¡dímelo!...

EL GUERRERO DE LAS TRES LUNAS

En esos momentos el rayo de la luna hace su aparición e ilumina al hombre de rojo que al ver su ropa irradiando de inmediato cae al suelo, con la cara boca abajo en señal de reverencia dice temerosamente:

—¡Mi señor! ¡Disculpé! por haber entrado aquí; al hombre lo vi solo y lo quise ayudar, sólo eso. Él me confundió con usted y decidió humillarse ante mí, le mencione que yo no podía hacer nada por él, no me hizo caso —tiembla sin cesar.

La voz de la luna:

—Esta bien Ojor, te creeré; ¡tú que has pasado más tiempo con ellos los conocerás mejor que yo! ahora retírate y lleva ese trono a donde pertenece.

El hombre de rojo, en pánico se coloca de pie y rápidamente se dirige al trono que desaparece junto con él.

El rey a gatas, con su mirada baja, le empiezan a brotar lagrimas incesantes.

—Nunca pensé que al encontrarme del otro lado de la fortuna fuera tan humillante, lamiendo las botas de un individuo que ni siquiera se ganó el poder —cae sentado y mira hacia la luz, envuelto en un llanto interminable— ahora sé que todos sentimos que la suerte de la vida gira; el universo ningún humano lo puede manejar, somos un grano de arena tratando de detener el giro de la tierra y no podemos parar los movimientos constantes que ocasiona este mundo —sigue llorando, bajando su cara y cubriéndose con sus antebrazos.

EL GUERRERO DE LAS TRES LUNAS

El rey de su espalda desenfunda su espada; mira al cielo y mientras la luna se refleja en sus ojos, alza su arma y con la punta del acero dirigiéndola a las estrellas, grita retadoramente, colocándose de pie.

—¡No sé quién seas! ¡solo sé que tú eres un rey y como rey te suplico! ¡Al ver que realmente impartes justicia! ¡Como ningún mortal en esta tierra! ¡Yo he presenciado! ¡Te ofrezco pelear con tu mejor guerrero! ¡Ese que te cuida la espalda mientras tú duermes! ¡Lo reto a muerte! ¡Si logro la victoria, me devuelve mi mente a mi cuerpo! ¡Y has que despierte al lugar donde me encontraste, donde escuchaste el lamento de mi miserable vida y te aseguro que el tiempo que me quede jamás me volveré a quejar de los tesoros que me diste! —el silencio permanece— ¡Si tu hombre me gana! ¡Te aseguro que serás el Dios más reconocido por muchos reyes en miles de kilómetros! ¡De los que he sido su enemigo! ¡Porqué al fin, después de muchos años de quererme doblegar! ¡Alguien le dio fin a mi existencia! ¡y ellos por fin dormirán, la invidia hacia su semejante será terminada! ¡Aun que lo dudo!

—¡Porqué esas personas no saben que los demonios que ven afuera realmente viven en ellos! ¡En dado caso que mi petición sea negada! ¡Quitare mi vida con mis propias man…!

El gran guerrero de la túnica saca de entre su ropa una espada de dos metros que sujeta que la coloca frente a él, incitando a la pelea.

El rey, eufórica grita:

—¡Qué dé inicio el combate!

EL GUERRERO DE LAS TRES LUNAS

Se escucha un estruendo, el silencio se apodera del lugar, el rey mira silenciosamente a su alrededor esperando poder percibir otra señal con sus sentidos. A espaldas del rey, a unos seis metros de distancia aparece un enorme guerrero entre neblinas; de dos metros y medio de estatura. Con una enorme túnica y una capucha que cubre su cabeza y su armadura de hierro de color negro. No logrando ver su rostro, solo se percibe su gran fuerza.

El rey da la vuelta quedando frente a frente al hombre que no deja de emitir un humo violeta de entre su cuerpo. Ateloiv observa la luna.

—¡En verdad eres justo! ¡será un honor para mí que mi cuerpo desmembrado esté en cada rincón de tu reino! ¡y que mi cabeza la poseas como trofeo o advertencia para los demás reyes que desean conspirar contra ti!

—Ahora estoy seguro de que cumplirás tu palabra y seré libre después de vencer a tu mejor guerrero.

EL GUERRERO DE LAS TRES LUNAS

Ateloiv corre a enfrentar a su rival, el cual avanza a su encuentro. El guerrero de gran estatura, al estar cerca del rey alza su pesada espada de metal y la deja caer en medio de la cabeza de su oponente, pero este logra detenerla con su arma; para no ser partido en dos, logra hacerse en pocos instantes a un lado deja pasar el arma y esta penetrara el suelo a unos cuantos centímetros de su pie. El rey brinca alzando su espada lanzándola al cuello del misterioso guerrero, el cual da un paso atrás rozando el filoso metal a unos cuantos milímetros de su piel.

El rey cae hincado al suelo junto con su espada, inmediatamente mira a su contrincante que avienta de nuevo su poderosa arma sobre su cara, esta es detenida y lanzada a un lado una y otra vez. Ante el gesto del esfuerzo del rey para detener la enorme espada; saca chispas al estrellarse con el otro acero. La batalla es devastadora por las dos partes, ambos se cubren y atacan letalmente. No se sabe quién será el primer hombre mutilado por el filo del metal. El guerrero alto y fuerte, aunque lento, no deja de arremeter al rey ni de cubrirse ante los embates de él. hasta que en una agresión descuida su pierna derecha donde emplea toda su energía y es cortada por el rey en medio de la rodilla, quedando la espada incrustada a pocos centímetros de ser desprendida, que aún es sujetada por la mano del rey; saca eufóricamente el acero para de inmediato perforar una y otra vez las costillas de su enemigo.

EL GUERRERO DE LAS TRES LUNAS

La sangre hace su aparición, el enorme guerrero suelta su espada y levanta su cara; es acompañada por un gran grito de dolor, trata de cubrir las múltiples cortadas de uno de sus costados golpeando con una de su mano la cara de Ateloiv que cae al suelo. El hombre herido huye lentamente del lugar dando unos cuantos pasos antes de caer aparatosamente. En el suelo se arrastra con dirección hacia donde apareció, no sin antes dar quejidos y gritos de dolor, apenas logrando mover su corpulento cuerpo.

El rey se coloca de pie, levanta su espada ensangrentada y corre apresuradamente situándose enfrente del guerrero moribundo. Este al verse frente a él se detiene y cae rendido, sin dejar de hacer quejidos de dolor

EL GUERRERO DE LAS TRES LUNAS

Ateloiv alza su espada en lo alto con ambas manos y la deja caer en la espalda del gigante, penetrándola a la altura del corazón; este emite otro grito de dolor, se coloca inmediatamente de pie con las ultimas fuerzas que le quedan. Se acomodan frente al rey y saca con una de sus manos el filoso acero de su espalda y la tira al suelo, vuelve a huir del lugar logrando dar tan solo cuatro pasos antes de volver a terminar en la arena, girando su cuerpo para mirar al cielo y empieza agonizar.

El rey camina lentamente y en su andar recoge su espada, se alinea a un lado del enorme guerrero a la altura del cuello y la cabeza; ve a la luna.

—¡Te dije que lo lograría! ¡Ahora creo considerarme libre!, veo que tu guerrero es débil y cobarde como la mayoría de los seres humanos en este planeta, le dio miedo su propia sangre, ¡Pero seré generoso! ¡Yo también seré justo!, solo dame una señal para no desprender la cabeza del cuerpo de tu hombre como señal de victoria; si tú lo haces, daré por terminado el combate ¡Solo devuelve mi ser al lugar donde nos conocimos!

EL GUERRERO DE LAS TRES LUNAS

El silencio es interrumpido por los quejidos del hombre moribundo, el rey contempla a su alrededor, levanta su arma lentamente y se acerca al gigante, baja su espada a un lado del rostro del enorme guerrero se hinca y con sus manos quita el casco de la armadura y observa el rostro del guerrero que tiene la apariencia y los gestos de un niño de tres años.

El rey se coloca de pie mira hacia la luna.

—¡Tu gladiador es un hombre anormal! ¡No creas que eso me impedirá arrebatarle la vida! ¡te vuelvo a preguntar! ¿En verdad deseas que lo mate para que sea cumplida la apuesta? -guarda silencio y contempla la soledad del paisaje, separa sus piernas y levanta lentamente su espada mientras mira al cielo y dice:

—¡Doy por entendido que tendré que acabar con su vida para que yo pueda conservar la mía! —En esos instantes estira su cuerpo con la espada en lo alto, para que todo el peso caiga en la punta de la filosa espada y así poder desprender de un solo corte la cabeza de su enemigo que solamente se queja y se retuerce en el suelo.

EL GUERRERO DE LAS TRES LUNAS

En ese momento se escucha la voz enojada de una niña de siete años; el rey sostiene su espada en lo alto, gira su rostro a uno de sus lados y ve a la niña que surge de la obscuridad a espaldas del rey. La niña de pelo negro; corto hasta el hombro y quebradizo; su piel blanca y pálida hace que resalte su cuerpo de entre la bata de seda negra que viste y sus ojos de color gris claro sobresale más su cara de enojo y mientras camina para colocarse frente al rey dice enfurecida:

—¡Espera¡¡No lo dañes¡¡ Él es el que los protege a ustedes de mí¡¡No sabes lo que has hecho ¡—Se coloca frente al rey, quedando en medio el cuerpo del guerrero moribundo— ¡Él es el que me entretiene cuando ustedes quieren jugar conmigo!, ¡Quieren ocupar mi lugar! ¡Pero eso nunca lo van a poder lograr!, ¡Mi padre me otorgo esa función! —sus ojos enojados no dejan de observar al rey que sigue con la espada en lo alto—¡Mi creador no entiende que me provocan! ¡Que cuando hacen desatar mi furia, después lloran con él y le echan la culpa! no son capaces de asumir sus consecuencias, que no entienden que el mundo no se hizo especialmente para ustedes, son solo una parte de la creación, ¡Ustedes no son Dioses! ¡Así es que suelta tu arma!, el verdadero guerrero al que debes de enfrentar, ¡Soy yo! al que quieres quitarle la vida sería el que te ayudaría a clamar piedad para que yo perdonara tu existencia.

EL GUERRERO DE LAS TRES LUNAS

El rey con temor mira a la niña, observa la luna, sujeta con más fuerza la empuñadura de la espada y ve el cuello del gigante. La niña lo observar fijamente a los ojos y le dice:

—¡Ya ves padre! son ellos los que siempre me incitan y después derraman lagrimas inconsolables ante ti ¡se quejan de mí, pero no saben disfrutar de su corta existencia en el mundo que tú les dejaste habitar! siempre me provocan —mira como el rey se prepara para bajar su espada y cortar la cabeza de su enemigo dándole fin, corre desesperada para rodear al guerrero caído y a medio metro se tropieza y en suelo mira el rostro del rey como rápidamente va bajando su espada, ve sus pies y estira su mano para tocar una de sus botas. Inmediatamente el rey al sentir los dedos de la niña suelta la espada haciéndola volar por los aires y cae aun metro frente a él incrustándose en el suelo.

EL GUERRERO DE LAS TRES LUNAS

La piel del rey de inmediato se torna entre blanca y amarillenta; su cuerpo comienza a temblar descontroladamente, se convulsiona mientras ve el rostro de la niña que se coloca de pie ante él. De la boca y la nariz brota sangre sin parar, los ojos del rey no dejan de observar a la pequeña que al sentirse vigilada su rostro cambia, angustiándose y asustada ve como el rey poco a poco termina hincado con la boca abierta tratando de gritar de dolor, sin embargo, la sangre no lo deja.

La niña mira a la luna y asustada le dice al rey frente a frente:

— ¡Te advertí que no jugaras conmigo! Soy el fin de la vida— mira al cielo.

—Disculpa padre, no volveré a caer en sus provocaciones.

La pequeña corre al lugar donde apareció, el gigante se coloca de pie siguiéndola, ambos desaparecen entre la noche.

El rey hincado sigue derramando sangre y se estremece, mirando a todos lados esperando ayuda, su cuerpo no deja de temblar y agitarse bruscamente.

EL GUERRERO DE LAS TRES LUNAS

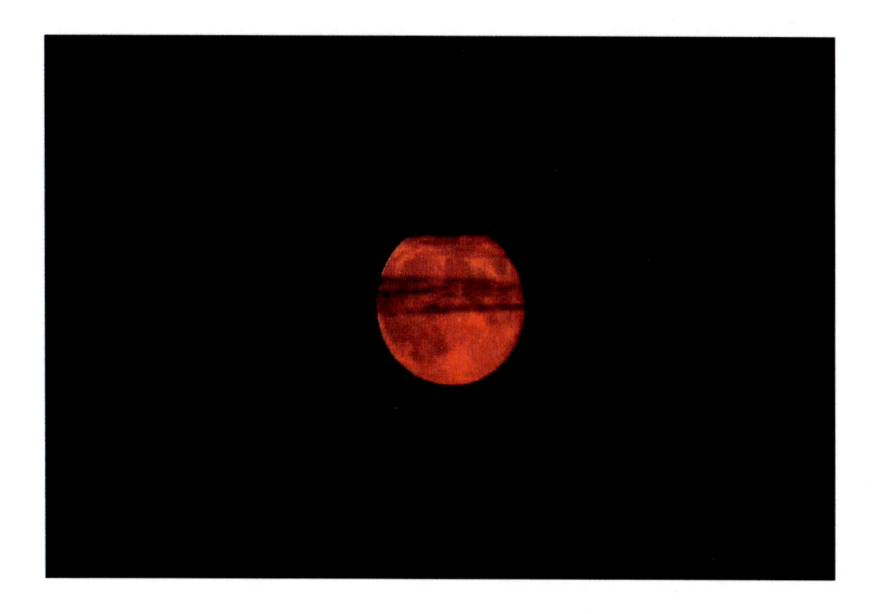

La luna lo ilumina como acompañándolo, el rey alza su cara y su cuerpo se estira por completo con sus ojos exaltados sin dejar de mirar la luz blanca. El latir de su corazón se escucha en el silencio y poco a poco se detiene. Cae lentamente al suelo boca abajo y en la arena sus parpados se cierran.

El rey está muriendo, brota sangre de oídos y nariz.

La luz de la luna cada vez se intensifica más sobre el cuerpo del rey. lo ilumina tanto que parece irradiar energía por cada poro de su piel convirtiéndose en un rayo sol que es imposible ver, se escucha de nuevo la voz.

— Perdónala, ella siempre se presenta cuando menos la esperas. En ocasiones solo desea jugar contigo y te deja ganar, en otras solo gana y se marcha.

De la cegadora luz se escucha la serena voz de Ateloiv.

—Gracias su alteza, por haberme dado la oportunidad de existir en este planeta. Lamento tanto no haber aprovechado en lo máximo cada segundo de mí, lo perdí en banalidades sin saber que el tiempo no se puede detener, que la fecha de mi muerte aparece desde el momento que nací, no me di cuenta de que tengo toda la eternidad para descansar, que aparte de ir por mis sueños tenía que disfrutar el camino.

EL GUERRERO DE LAS TRES LUNAS

—Gaste mi ser, pensando que los demás tenían la culpa de las cosas malas que me ocurrían sin darme cuenta de que eran mis decisiones las que me tenían en los lugares que no deseaba estar.

—Gracias por dejar que mi mente pasen recuerdos lindos con las personas que en realidad ame; me arrepiento de no haberles dicho en ningún momento que las amaba pensando que todo el tiempo estarían a mi lado. Gracias por dejarme ver el recuerdo de mis abuelos y observar cada arruga de su cara; en este momento puedo tocarlos, ver sus ojos y como me reflejo en ellos mirando al niño que era y que no poseía maldad, ¡ahí están a mis padres! ¡en el horizonte al lado de un camino!, creo que me esperan, ¡si... sí son ellos! ya logro ver a mi padre que con su mirada enérgica siempre me enseñó a trabajar, a luchar por lo que quieres sin importar que piensen los demás. La sonrisa de mi madre que siempre mostro nuestra complicidad, disculpen si me había olvidado de ustedes y adoro su promesa que en vida me dieron, que nunca solo me iban a dejar, no tome en cuenta el tiempo que en este momento me lleva a mi camino final que es el más allá

EL GUERRERO DE LAS TRES LUNAS

Aparece la voz

—Dame la mano, aquí me encuentro a tu lado, solo toca mis dedos, es hora de partir, te acompañare con tus padres que impaciente te esperan. Mira la enorme sonrisa de tu madre, seguro tu comida favorita en la mesa esta puesta. Observa a tu padre como limpia sus mejillas para que nadie se de cuenta de las pequeñas lagrimas que brotan de sus ojos al volver a verte. Solo tócame para que ese dolor desaparezca y puedas descansar en paz.

La luz se hace inmensa y cegadora en instantes todo se vuelve oscuro.

La luna empieza a ocultarse en el horizonte para darle paso al día. En la cima del bosque entre los enormes pinos se encuentra tirado el cuerpo del rey junto a su cantimplora, aparecen antorchas encendidas de cuatro hombres con armaduras al parecer soldados y tres doncellas de vestimentas lujosas que se abren camino hasta llegar al sitio donde se encuentra Ateloiv.

Al encontrar el cuerpo en el suelo, una de las jóvenes corre abrazando el cuerpo frio tratando de que este reaccione, le toca el rostro y lo acaricia suavemente mientras brotan lágrimas de sus ojos y dice:

—¡Padre! ¡Despierta! ¡Nosotros recuperamos tu castillo! ¡Solo regresa para que vuelvas a gobernar!

EL GUERRERO DE LAS TRES LUNAS

Uno de los caballeros armados agarra del suelo la cantimplora de piel, huele el líquido y despúes observa la boquilla de un color amarillento.

—Lo lamento hermana, mi padre a sido envenenado.

Todos se hincan mientras la Doncella no deja de llorar en el pecho del rey, los pocos instantes de la luz de la luna lo dejan de iluminar.

ACERCA DEL AUTOR

Samuel Quiroz es un escritor de historias místicas, sádicas, de misterio, fantasía y ciencia ficción. Desde su infancia deslumbraba historias de seres extraordinarios, mundos mágicos que llevan al borde de nuestro límite del existencialismo. Ha decidido compartirlas con los demás al comprobar buena aceptación de sus cortometrajes por sus seguidores en Facebook Ageorgia Films Genesis.

Agradecimiento: Georgia Q.B. Por la rectificación de este escrito

Made in the USA
Columbia, SC
28 December 2022